기획의 말

그리운 마음일 때 'I Miss You'라고 하는 것은 '내게서 당신이 빠져 있기(miss) 때문에 나는 충분한 존재가 될 수 없다'는 뜻이라는 게 소설가 쓰시마 유코의 아름다운 해석이다. 현재의 세계에는 틀림없이 결여가 있어서 우리는 언제나 무언가를 그리워한다. 한때 우리를 벅차게 했으나 이제는 읽을 수 없게 된 옛날의 시집을 되살리는 작업 또한 그 그리움의 일이다. 어떤 시집이 빠져 있는 한, 우리의 시는 충분해질 수 없다.

더 나아가 옛 시집을 복간하는 일은 한국 시문학사의 역동성이 드러나는 장을 여는 일이 될 수도 있다. 하나의 새로운 예술작품이 창조될 때 일어나는 일은 과거에 있었던 모든 예술작품에도 동시에 일어난다는 것이 시인 엘리엇의 오래된 말이다. 과거가 이룩해놓은 질서는 현재의 성취에 영향받아 다시 배치된다는 것이다. 우리는 현재의 빛에 의지해 어떤 과거를 선택할 것인가. 그렇게 시사(詩史)는 되돌아보며 전진한다.

이 일들을 문학동네는 이미 한 적이 있다. 1996년 11월 황동규, 마종기, 강은교의 청년기 시집들을 복간하며 '포에지 2000' 시리즈가 시작됐다. "생이 덧없고 힘겨울 때 이따금 가슴으로 암송했던 시들, 이미 절판되어 오래된 명성으로만 만날 수 있었던 시들, 동시대를 대표하는 시인들의 젊은 날의 아름다운 연가(戀歌)가 여기 되살아납니다." 당시로서는 드물고 귀했던 그 일을 우리는 이제 다시 시작해보려 한다.

기획의 말

그리운 마음일 때 'I Miss You'라고 하는 것은 '내게서 당신이 빠져 있기(miss) 때문에 나는 충분한 존재가 될 수 없다'는 뜻이라는 게 소설가 쓰시마 유코의 아름다운 해석이다. 현재의 세계에는 틀림없이 결여가 있어서 우리는 언제나 무언가를 그리워한다. 한때 우리를 벅차게 했으나 이제는 읽을 수 없게 된 옛날의 시집을 되살리는 작업 또한 그 그리움의 일이다. 어떤 시집이 빠져 있는 한, 우리의 시는 충분해질 수 없다.

더 나아가 옛 시집을 복간하는 일은 한국 시문학사의 역동성이 드러나는 장을 여는 일이 될 수도 있다. 하나의 새로운 예술작품이 창조될 때 일어나는 일은 과거에 있었던 모든 예술작품에도 동시에 일어난다는 것이 시인 엘리엇의 오래된 말이다. 과거가 이룩해놓은 질서는 현재의 성취에 영향받아 다시 배치된다는 것이다. 우리는 현재의 빛에 의지해 어떤 과거를 선택할 것인가. 그렇게 시사(詩史)는 되돌아보며 전진한다.

이 일들을 문학동네는 이미 한 적이 있다. 1996년 11월 황동규, 마종기, 강은교의 첫번째 시집들을 복간하며 '포에지 2000' 시리즈가 시작됐다. "생이 덧없고 허기질 때 이따금 가슴으로 암송했던 시들, 이미 절판되어 오래된 명성으로만 만날 수 있던 시들, 동시대를 대표하는 시인들의 젊은 날의 아름다운 연가(戀歌)가 여기 되살아납니다." 당시로서는 드물고 귀했던 그 일을 우리는 이제 다시 시작해보려 한다.

비밀을 사랑한 이유

문학동네포에지 015

정은숙 시집

비밀을
사랑한
이유

시인의 말

쿤데라적 모독, 바타유적 모독을 떠올리며, 삶을 견디는 것이 과연 무엇을 가능케 할까를 생각해본다. 그리고 또 생각해본다. 무당집 붉은 기처럼 펄럭이지 말기를, 부디 경대 앞에 놓여져 혼자 얼굴을 들여다볼 때, 그때 펼쳐져 읽히길. 멀쩡한 재킷 안에 입은 내 젖은 속옷의 불편함을 사람들에게 알린다는 이 뒤늦은 후회.

1994년 10월
정은숙

개정판 시인의 말

서른 살 무렵의 시들을 다시 만나 소실되어가는 나를 붙잡고 말을 걸어보았다. 오래된 시들로 내가 어떻게 이 세상을 통과했는지 몸을 떨며 느낀다. 세상과 잘 섞이지 않았던 때의 시들은 구체적이고 딱딱한 질감의 세속적인 말을 갖고 있다. 이제 나는 세상과 잘 어울리는가.

답은 없고, 삼각잎아카시아 나뭇잎처럼 어깨가 위로 솟구친다. 뭔가 무수한 그늘과 함께 사는 것이 나이고 이 시집이라는 걸 자신에게 고백했다. 두번째 시집 『나만의 것』에서 열 편의 시도 데려왔다. 처음과 끝이 없는 게 시라지만 열 편의 시를 데려온 마음은 처음이고 끝이다.

2021년 봄
정은숙

차례

3부

1부

생, 그것을 모른다

모든 것은 지나갔다.
낯뜨거움. 어린 시절의 물안개 같은
그리움들의 작은 성냥갑 속에 들앉아
이쪽을 영 잊어줬으면 하는
표정으로 앉아 있는 아이의 얼굴을 내려다보면서
이것이 그의 것인지 내 것인지
분간할 수 없이 망연히 있을 때
모든 것은 흘러가버리고 아무것도 남은 것은 없다.

모든 것은 지나갔다.
오랜 날 탁한 공기를 들이마신 폐부가 불현듯 아파와서, 나는
건너편 아파트의 외로운 불빛을 바라보는 반쯤 감긴 눈.
아무런 감탄도 일없다는 이 삶에서
눈떠 자신을 싣고 갈 장의차를 기다리며
그뿐이다. 무엇을 쫓고 있는가,
절묘하게 꾸며진 한 편의 이야기.
움켜쥐면 화인(火印)만 남기고 사라지는 물 같은 유체(遊體)들.

세상의 하루

누군가가 죽어 넘어지고, 코가 깨지고, 붉은 피가 몸을 적시고, 피아노를 치다가 얼굴을 건반에 박은 채 울고, 미문(美文)을 쓴다는 시인이 담뱃갑 위에 욕설을 적어넣는 저녁.

여자가 부르는 낯선 이름을 용서할 수 없어 침대에서 내려오고, 밤새 마셔댄 술기운으로 유리창을 부수고, 샤워기에서 쏟아지는 뜨거운 물로 화상 입는 새벽.

마늘빵과 어울리지 않는 원두커피를 엎지르고, 다른 음료수를 찾으러 문을 연 냉장고에 기대어 우는 아침이여, 나는 하루를 시작했노라.

어, 이게 뭐야라고 말할 수 없는 나는, 늘 그렇지, 바로 그랬구나, 고개를 주억거려.
나는 간신히 존재하려고 무릎이 깨지도록 기어가면서.

꿈을 꾸었지, 우등 고속버스를 타고
서산 가다가 주스를 사서 마시며 하늘을 보지.
붉은 하늘에서 맑은 빗방울 쏟아져내리고.

소리치며 일어나 무릎을 꺾는다.
연한 향의 젤리 형태로 나를 둘러 에워싼 시간을
헤쳐보려고 팔을 내밀면 허리가 휘청거려

진정 앞으로 나갈 수 없어.

사슬 묶인 오리

내가 그에게 부쳐준 오리 그림,
투명한 물속에서 노니는 오리의 물갈퀴가
내게 사슬이 되었다는 걸
되돌아온 등기 우편물로 알았네.
꼭 받아주기를 바라는 나의 마음이
부재중인 그에게 닿지 않아
노란 딱지를 달고 돌아왔네.
펼쳐 본 오리는 시원스레 노니는 것 같지 않아
자세히 보니 물도 맑지 않네.
내 마음을 묶어버린 오리 그림.
내가 그의 물속에 잠기고 싶었던 걸,
아주 푹 잠겨서
오래도록 노닐려는 걸.
오리야, 고맙구나,
나는 네가 나를 묶어주어
비록 고통의 얼굴을 그저 엿보기만 했지만.

사로잡힌 한순간

간다, 밤사이 안녕하신가
물을 틈도 없이 사지투체로 내리막길을 향해
쏟아지는데, 가속도의 삶은 위험하다.
옆집 마당의 대추나무, 대추는 어디에 갔는가
삽살개 미소 같은 대문의 녹슨 얼룩무늬,
눈빛 한번 주지 못하고 쏟아져내린다.
얼굴에 와닿는 바람은 내 붉은 빰에도
흔적을 못 남기고……

지친다, 이어지는 이명(耳鳴)의 질주로
숨이 차오르고 입은 점점 벌어져
얼굴은 점차 찢긴다.
꿈에서 본 모습인가, 이 얼굴은
나 아닌 내가 같이 흔들리며
번져오르는 생의 취기는 감출 수 없다.
사람 같아 보이면 손을 흔들고
세상에 대한 최소한의 인사로 가쁜 숨 고르고

한순간 적막에 사로잡힌 나,
멈추는 사이, 가속에 의해 나뒹구는 그자가.

통속

두 욕망이 싸운 것이야
더 바랄 수 없는 사랑 때문에
나는 상처받았노라고 중얼거리지
네가 신음소리를 내며 주저앉을 때
나는 겨우 떠나왔어
바람이 불어와 쓰다듬는 상처 속의 빛
그 노란빛도 낯익은 욕망의 색깔임을 알지
눈을 들어 세상을 본다
바로 그 순간 색 바랜 풍선처럼
날아갈 수 있을 것 같아
멈추지 않는 욕망의 끈을 놓고.

아득한 나날

눈떠 보게 되는 나날의 일력(日曆)과
밀려드는 주간 계획, 월간 계획서 속에서
흩뿌릴 수 있는 사랑과 미소, 온화한 상징 사이
사건들과 사고들과 삽입되는 아우성 속에서
그 틈바구니에서 낚아채는 건 아무것도 없다.
미안하다, 틈은 어차피 본체와 상관없이 생긴
또다른 본체가 있어야 가능한 것.
나는 시간이 흘러가는 사이에서
문득 시간의 꽃을 훔칠 뿐이다.
내가 먹어버린 시간의 꽃들이
응어리진 꽃똥이 되어 나오고,
나는 그 꽃똥의 냄새를 맡으며
시간을 훔쳤다고 믿는다.
믿음이여, 다음 정류장까지만이라도 지속해주렴.

하지만 지금은 외출 전, TV를 켠다.
교양 프로 시간,
강사가 제자들 앞에서 지압을 가르치고 있다.
우선 두 주먹을 가볍게 쥐고 목 뒤에 얹음.
백치 같은 표정을 하고 앉아
나는 따라 해본다.
어떤 것도 두렵지 않다.
모든 것이 완벽하다.

우스꽝스러운 행보

내가 등을 낮게 구부리고 있으면
세월이여, 너는 내 등을 탁 치며 넘어간다.
"나는 이제 죽었구나!" 손바닥의 차가운 감촉이
등에 남아 냉기가 몸 전체로 퍼져나간다.
그렇듯 나는 잠시 구부릴 뿐이었다.
그저 아주 잠시 잠깐만.
나의 행보를 멈추는 것이 네게 기쁨을 준다니,
너는 나의 적이었구나.
동행하며 때론 손을 잡아주고
노래의 화음을 넣어주던 너는
이제 나의 앞서는 발걸음이 싫다는 게지.
숲의 그늘을 벗어나면, 내 그림자가
너에게 차양이 되는 줄도 모르고.
뒤를 돌아본다.
거기 또 몇 사람의 뒤를 너는 따르고 있다.
숨이 차 넘어질 때까지
종내 같이 가자는 것일까.
이제 나는 옆으로 걷고 싶다.
이 지루한 행보에서 잠시 불렀던 노래도
더이상 기쁨일 수 없으니
옆으로 옆으로 걸으면 어떠리.

집 떠난 인생

내 인생엔 초보 운전 푯말이 없다
처음부터 기어 풀고 달려야 했던,
때론 브레이크를 양념처럼 밟고 싶었지만
코뿔소 기계차를 백미러로 염탐하고
차선을 과감하게 바꾸는 앞차들에 치여
내 인생은 그런 통행로 속에 갇혀
그저 앞으로만 내달려야 했다.
한순간 튀쳐오르며 쿨럭거리는 전륜구동 차를 달래며
내 표정 지을 수 있는 유일한 방법은
언플러그드 카세트테이프를 듣고 또 듣는 것.
그때 나는 이 지상을 떠나
율도국 가는 산문(山門)을 끼고 도는 환각에 뜨고
철든 뒤 처음 눈물이 흘러 차창을 적시는 걸
본다. 불현듯, 오래 결핵을 앓고 난 뒤의 폐 속처럼
시계(視界)가 공동(空洞)처럼 맑아져온다.

몸으로 이루는 혁신

몸이, 나의 의지를 전면적으로 부정하기 시작했다:
부풀어올라 하룻밤 지난 밀가루 반죽 덩이처럼 된 살이
내가 마사지하고 크림을 발랐던 그 살이라고
말하지 않으리. 긁을수록 가려워지고
긁다보면 피가 맺히는 적군파(赤軍派) 같은 살을,
그 말 뱉는 순간, 혀가 굳고 눈이 멀 수도 있다는
생각이 불쑥 솟구친다.
한때 자랑이었던 하얗고 부드러웠던 피부,
드러내놓고 다녔던 윤기 있는 살.
지금 긴팔 셔츠에 가린 살들을
나는 어떻게 긍정할 수 있을까.
무엇을 걸고 이 삶의 변화를 기원할까.
거친 손동작만이 오가는 새 세기의 시간
텅, 텅 의미 없는 소리가 울리는 마음 가운데
살 긁는 소리만 들리고
나는 낳지 못할 무엇을 회임(懷妊)해야 할까.

질주냐 과속이냐

보조 키를 마련하고, 보험을 들어두고
일회용 콘택트렌즈를 사두고
여벌의 스타킹을 가방에 넣고서
생수통이 실린 차를 몰아
강남대로를 달린다, 세월아

먹던 김밥을 싸들고서 나온 거리
사람들은 왜 모두 울고 있지
길을 잃지 않으려고 두 눈을 열어
바라본 표지판은 왜 희미한 거야
더러운 억척이구나, 눈물아

먹고 마시고 웃고 우는 내가
시간을 덜어내려는 삽질을
한사코 멈추지 못하네, 짧은 손힘으로는
희망만큼만 겨우 남겨놓겠네
이럴 때 생은 장중한 시간의 폭주

서울의 강남, 생의 삼십대
끔찍한 하모니, 맞닥뜨린 벽

불면

잠을 오래 이루지 못하고
침대와 경대 사이의 간격을 헤다보면
그것은 꿈에서 잠시 산책을 다니는 것 같다.
풀밭보다는 못하지만
비록 파트너는 없지만
그것대로 한세상 살다 가도 좋을 것 같다.
발은 허공중에 있고 머리는 텅 비어
오직 느껴지는 것은 150그램 비너스 슬립 무게뿐
방문을 열고 나서면
누군가 어둠 속에서 손을 내밀 것 같다.
불을 켜면
주전자와 물컵이 놓인 식탁과 리모컨과 신문지 조각들
저것들은 제각각 하루를 건너왔다.
낮 동안 손때 묻은 저 물건들을 두고
나는 잠시 망설인다.
나갈 수만 있다면
꿈 밖으로 갈 수만 있다면
이 익숙함을 헤엄쳐버리고 말리라.
꿈 밖으로 나가는 길은 고르지 못하겠지.
발은 여전히 허공중에 있고 새벽 흐린 햇살은
그 발을 비춘다.

사막의 여자, 혹은 밀회하는 여자

여자는 층계참에 서 있다.
그녀는 바이오주의자다.
다리가 후들거린다. 심호흡을 한 후
다시 계단을 오른다. 눈길은
구두코에 두고 있다. 여자의 구두코에
머무는 시선이 있다.
그녀는 오랜 시간의 기다림이 끝났음을 안다.
여자의 입가에 미소가 감돈다.
"내가 올라오는 걸 봤어요?"
남자는 말없이 여자의 손을 잡는다.
종합상사 6층 계단은 잘 이용되지 않는다.

관찰하는 남자를 관찰하는

소매 없는 셔츠와 핫팬츠를 입은
소녀들이 지나간다.
대형 버스와 티코가 지나간다.
대로변 가전제품 대리점 앞
남루한, 대머리의 사내가
티브이를 보고 있다.

27인치 컬러 티브이 속
'심신'이 다리를 흔든다.
피부색 고운 남자의 목젖이 보이는 듯.

나는 카메라를 든다.
티브이 속에는 카메라를 든 내가 있다.
'심신'과 또다른 사내와 삼각지대에서
그걸 찍는 내가 보인다.

보이는 무수한 '심신'들.

사랑하는 관계는 구토다

차라리 내 속에서 끄집어낸 손
그걸 다시 먹어버리고 말지.
시인은 노래하고 악사는 연주하는 태초의 밤
그런 시간에도 블루스는 추어지고
혼자 남은 사람의 방 한 칸,
천장이 무너앉는 순간
벽의 저 먼지 같은 사라짐, 그 시각.

좋은 것이 다 만족스럽지는 않아

나의 발가락을 감쌌던 양말에 대해서까지
놀랍도록 앙칼지게 질투해대는 그녀,
를 사랑하지 않을 수 없다.
나는 그녀의 숨겨논 애인, 혹은 그녀는 나의 정당한 연인.
여행 끝, 소나타 옆 좌석에서 꾸벅꾸벅 졸다가도
헤어질 때는 어느 여배우보다 더
촉촉한 눈길을 보내곤 하지.
좋은 것이 다 만족스럽지는 않아.

그 눈길 때문에 돌아온 집에서 불편해하는 나는,
나물을 무치려고 매니큐어를 거부하는
아내의 투박한 손을 무심코 바라본다.
내게 셔츠를 다려주는 저 손,
때로 용돈을 아꼈다간 시골 시댁에 부치곤 하지.
손들 사이사이에서 흐려지는 의식을 놓았다간 붙잡는다.
저 손에 입맞춤할 수 없으리.
입술은 까다로운 애인 것보다 더 예민한 촉각을 지녔지.

그녀 집에서 하마터면 실수할 뻔했어.
긴장을 풀면 양말을 가져달라 하기도 했었지.
말은 터져 나오고, 그녀의 눈빛을 보는 순간
얼른 양말을 집어 들었어. 집에서처럼 나는
강자가 아니야. 나는 그녀의 충실한 노예.
묶인 사슬을 풀고 바닥을 핥기까지 오랜 시간이 걸린

건 아냐.
노예의 삶도 때론 달콤하다는 걸 당신은 알까.

아내가 골라준 양복에, 그녀가 선물한 넥타이를 매고
휴가가 끝난 첫날 집을 나서는
이중 복합 처방된 한국형 신사인 나는
오늘, 안정과 가정과 불안한 연사(戀事) 사이에서
무엇이 꿈인지 무엇이 삶인지 알지 못해
고개를 휘휘 내젓는다.
좋은 것이 다 만족스럽지는 않아.

소설의 사랑*

그가 비밀을 사랑한 이유는
그것이 그들 만남을 에로틱하게 만들고
그리고 기막힌 전복을 포함하기 때문이다.

* 다니엘 살나브, 『길고도 가벼운 사랑』.

환각에 살고 지고

내가 좋아하는 배우의 아침은
늦잠과 블랙커피, 담배로 시작된단다.
내가 좋아하는 남자는
구멍난 청바지와 회색 폴라를 즐겨 입는단다.
내가 좋아하는 여자는
샴푸로 감은 머리를 꼭 열 번 헹구고
향수를 꼭 귀 뒤에 바른단다.
내가 좋아하는, 좋아하는,
그저 이미지만 남은 그 사람들은
건강에 나쁜 담배를 권하고
무릎이 드러나는 바지 구멍을 자랑스럽게 만들고
조문 갈 때도 향수를 바르도록 유혹한다.
무조건적으로, 필사적으로 날 망가뜨리는 그 허상들.
환각과 현실의 겹침과 풀어헤침, 오직 눈의 혼돈만이
세상을 뜨게 만드는구나.

카페의 여자

처음에 한 남자가 말했다.
나는 사랑에 빠질 것 같다고.
그러자 한 남자가 이었다.
나는 이미 빠졌다고.
그들은 그 여자가 카페의 여자 같지 않아
사랑스럽다고 수군거렸다.
이상도 하지,
카페에서 왜 카페의 여자를
찾지 않는 걸까.

오랜 시간이 흐른 후
한 남자는 말한다.
마음의 발길을 끊었노라고.
또 한 남자는 말한다.
많은 남자에게 친절한 여자는
매력이 없노라고.
이상도 하지,
자신에게 친절했던 여자를
친절해서 싫다는 걸까.

오늘 나는 카페의 여자를 본다.
그녀는 변함없이 상냥한 미소로
술잔을 내려놓는다.
"너희는 너희 맘대로, 나는 나대로."

환각의 삶

그녀는 아내가 있는 남자와
연애를 한다네. 즐거워라,
그들은 대낮을 밤 삼아 즐기지.
두꺼운 커튼을 내리고.
진짜 든 혼곤한 잠에서 깨어나지
못하는 법은 없다네.
창밖의 유모차를 몰고 가는 여인의 실루엣이
천천히 멀어지고 있는 걸
그들은 보지 못하네.

황혼이 오면 홀로 앉아
밀러를 마시지. 쓸쓸해라,
술병이 곧 술잔이지.
사이, 그는 아내가 준비해둔 저녁을
지분거리러 가고.
그녀는 밥맛을 잃네.
'고독한 여자의 미소는 슬퍼'
이 노래의 처음이 영 생각나지 않아,
남의 남자 혹은 그녀의 남자를 위한
술잔은 식어만 가네.

무선전화기의 하루

변기에 걸터앉자마자
전화벨이 울린다.
여자는 화들짝 놀란다.
무선전화기를 들여놓은 날
이래도 일어나야 하나.

애인의 전화다.
그는 오늘도 사랑한다고 말한다.
여자는 아무 말도 할 수가 없다.
용을 쓰는 중이기 때문이다.
애인은 더욱 심각하게 묻는다.
화났느냐고 다시 묻는다.

그녀는 말할 수 없다.
자신의 밀실까지 침범한 이방인인
무선전화기에 대해.
그녀는 화났다고도 할 수 없다.
자신의 애인인 무선전화기에 대해.

때가 되어 그녀는 변기를 떠났다.
그 자리에 무선전화기만 남는다.
그는 아직도 대답을 못 듣고 있다.

모니터 라이프

자연이 부과한 시간만큼은 어떤 수를 쓰든
어린것과 함께 행복하게 살아야 한다는 이 엄숙한 과업
그러나 '실행할 수 있는 파일'을 나는 모릅니다.
무슨 일이 있어도 죽어나가서는 안 되는 것이므로
(이것은 계약 위반이지요)
또 새로 맞이한 이 아침 모이주머니를 채우고
나날의 그 만원 전철에 몸을 싣고
자명한 사실, 자명한 경제적 토대를 찾아서
그러나 생의 불구성을 회복할 수 있는
'실행할 수 있는 파일'을 나는 왜 찾을 수 없을까요.

허공

허공에 집을 지어봅니다
푸른 지붕,은 너무 상투적인가요
그러면 지붕을 없애면 어떨까요
조금 세찬 바람이 불면 어떻습니까
다정한 사람끼리 꼭 껴안아보지요
바람에 실려 사람 냄새가 조금 풍기겠지요
그럴 땐 더욱 힘을 주어 안아봅니다
맡아지는 그 냄새가 그리움을 더하거든요
진한 냄새는 사람을 숨막히게 하지요
방은 오로지 하나만 만듭니다
부엌은 넓게 비워두구요
하늘이 낮게 내려와 얼굴을 간지럽힙니다
다정한 사람들은 어디서나 둘러앉지요
어디선가 들리는 세상 소식은 지나가게 놔두구요
그런데 돈은 누가 벌어올까요
서로의 얼굴을 바라보고 있자면요
쌓인 빨래는 누가 하나요
뒹굴며 사랑을 나누고 있자면요
허공에 지은 집은 이런 질문들 앞에서
조용히 무너져내립니다
공허한 집짓기입니다.

2부

낙타에게 길 묻기

사막을 견디는 낙타의 흔한 상징처럼
여자는 그 상징을 느낀다, 바라본다.
여자는 가슴에서 쏟아져내리는 모래가 산을 이루고
여자의 발자국은 지워진다.
모래바람이 분다.
등에 혹을 지니지 못한 여자의 꿈은
기름진 음식이 아니다.
모래바람을 적실 물이다.
가슴속 끓는 물은 조용한 노랫소리를 낸다.
싸우는 자들은 결코 물을 나눠 마시지 않는다.
서로 견디는 자들이 나눠 마시는 한 잔의 물.
문득 여자의 눈에도 맑은 물이 고인다.
그것은 우리를 살아내게 하는 힘.

일기장 1

하늘에서 너의 얼굴을 본다. 폐허의.
못다 꾼 꿈들의 잔해만 널려 있는 그곳—너는
왜 거기에 있니.
자신과의 약속을 못 지킨 너의 우울한 얼굴.
나는 바삐 걸어 스쳐지나가려 하지만
결코 뛰어넘을 수 없는 그곳에
영겁의 시간이 흘러도 닿을 수가 없겠네.
시간이 지나 또 이 자리가 아닌 곳에서
비가 되어 내리는 너의 눈물을 온몸으로 맞으며
처음으로 나를 씻네.
나의 살을 부드럽게 달래며 후벼파는
끈질긴 고통의 전령사들.
얼마나 높은 저 하늘을 쳐다보아야 하나.
긴 시간에는 외투도 없겠지.
긴 시간에는 공책도 펜도 없겠지.

일기장 2

늦은 밤에 돌아와 또 책상에 앉는다.
낮은 촉수의 백열등 밑에는 한 세상의 정적이
그 속에는 먼지가 풀썩 가라앉기 전의
그 어떤 움직임조차 없다.
가볍게 조는 인생은 꿈속에서 현실의
무거운 책을 수십 권 지게에 지고
미로를 헤맨다. 나는 만진 것인가. 현실이라는
이름의, 염하지 않은 시신을.
아파트 복도 끝까지 가는
긴 외투를 입은 남자의
옷깃이 쓸리는 소리가 들리는 새벽.

길 위의 나날

1. 안 가본 길

엘리베이터 안에서 만난
윗집 새댁,
잠깐 사이를 두고, 침묵을 이기려고
말을 걸어오네.

—어디 다니세요?
—출판사에 다녀요.
—어디, 아 눈높이 선생? 아님 웅진 아이큐?
—아뇨, 책 만드는 데요.
—아, 인쇄하는 데? 명함은 안 찍어주나,
  주부들도 명함이 유행이라는데.

엘리베이터를 나와
아이와 자전거를 타러 가는
새댁과 헤어진다.
—어느 쪽으로 가세요?
—아, 예. 갈 수 있는 곳으로.

2. 그늘

노인과 세 살배기 아이
버스 정류장에 서 있는 모습이
차창 뒤 풍경으로 흘러간다.
목을 길게 빼며 위험스레 뒤돌아보는 그녀

그들이 점점이 사라져도
그 그림자가 그녀 가슴을 메운다.
생의 이쪽과 저쪽을 함께
보았던 것일까.
너무나 늙어버린, 너무나 일찍 도달한
그들의 조화가 길게 그림자를 만든다.
어디로 가려던 것일까.
제각기 생의 끝자락을 붙들고
어느 버스에 올라타려고
쭈그린 채, 키를 맞춘 채로
서 있었던 것일까.
젊어서 늙어버린 그녀
눈앞에 차오르는 물을
털어내려고, 고개를 흔들어본다.
그들의 풍경도 가벼이 사라지기를.
그 풍경을 에워싼 밝았던 빛도
이제 무성한 그늘로 변해버렸네.

나만의 것

1

마주치는 게 두려울 땐
자주 길을 바꿔 걸어본다.
음식과 영화에 대한 기호를 바꾸듯
삶의 방식들을 바꿔본다.
누구도 다치지 않는, 그 같은 대화에만
끼어든다. 나만의 것
나는 피하련다. 하지만 이건 거짓말
저 바깥세상의 햇살 저리도 고운데
나들이하고픈 마음이 동하는데
앉아서 쓰는 시, 곤혹한 오후.

2

나, 여기 침묵의 식탁에 앉아
사유의 책장을 넘기네.
눈에 비치는 세상, 어찌
그 속에서 생을 발견할 수 있을지
내 안의 우물 깊은 곳을 응시하면
그 물위로 뜨는 구름, 볼 수 있으련만
그 우물 지나쳐 걸으면
방물장수 발소리가 들리는 저잣거리.
그래도 생에 낀 구름들은 아름다운가
그렇다고 말하고 싶다.
그럴 때 이 펜을 놓으리.

내 몸에서 독향이

'일'과 '나' 사이에 끼인 나의 부조화가
이토록 벅찰 줄이야.
'나'의 이름을 부르는 자들에게 나를 보일 수 없을 때
그 나는 누구인가, 묻지 않을 수 없다.
'갑' 또는 '을' 또는 풍문 속에서 '나'인
삶을 살아간다.
오라, 긴 목을 가진 자는 모독을 견딜 수 있다.
빛이 있음에 빛어진 어느 오후, 멀리 보이는 산을 앞에 두고
목을 꺾는다. 옛 노래로 잠꼬대를 하며
한숨 자도 될 평화의 시간,
목을 꺾는다. 근심으로 세워진 나의 나라여.
말들을 구걸하며 바삐들 제집을 찾는구나.
나에게서 독향을 맡는 자는 삶을 이해하고 있다.
시간은 조급히 흘러 욕망의 수레가 요란스러이 굴러가는데
한 사람의 육신이 바닥에 납작 붙어 있다.
자세히 보면 끊임없이 웅얼거리고 있는 육신,
이 풍자는 사실일까.

휴일의 세계

모처럼 맞은 주일, 병원에 들러
교회 아닌 백화점엘 간다.
통증을 호소하며 닫힌 병원 문을 밟아 왔을 환자들로
성시를 이룬 병원.
건강한 가족들의 일용할 양식을 위해
쇠약해진 몸으로 찾아간 백화점은
병원 대기실만큼 부산하다.
아픈 사람은 아픈 사람끼리
건강한 사람들은 건강한 사람들끼리
서로의 안부를 물어 장터를 이룬
그들의 절묘한 닮음태(態).
엘리베이터 앞까지 쇼핑 수레를 밀어 오다
오이 뭉치를 툭 떨어뜨린다.
순간 비닐봉지를 깔아뭉개는 또다른 수레바퀴.
비린내를 풍기며 산산이 뭉개져버린 오이보다
마음이 더 심하게 깨어져 흩어진다.

운명보다 강한 것은 없다?

삶은 국수를 건지려다 국수 가락을 이등분하여
개수대에 버리고 있는 여자를 생각해보자.
펜을 들어 쓰는 편지는 한 줄도 더 나아가지 않았는데
그 버릇을 오늘도 버리지 못하네.

발을 떼며 계단을 내려가네.
숨을 고르며 순리를 따르다보면
우체통이 보이지. 거기까지가 전부인 보행,
나의 존재 이유를 담은 당신들의 사연.

나는 한 번도 나의 집을 지어본 적이 없네.
먹구름이 뭉쳐 있는 내부,
울리는 전화벨 소리를 죽이고 들어보라.
더 큰 아픔이 책장을 넘긴다.
말하라 말하라.
그러지 않으면 말 못하지.

생각들

이가 하나둘 돋기 시작하는 아이의 입안을 들여다보다가
저 몸피가 커질수록 더욱 필요해질 이들의 고마움보다,
저 이들이 충치 먹지 못하도록 닦아주어야 한다는 생각,
생각이 먼저 나간다.

이가 생기면서 만들어진 입냄새에서
인간의 냄새를 맡고는
인간 정글을 온몸으로 헤쳐나갈
아이의 적들을 떠올리는 이 비극적인 생각.

진찰 시간을 마감한 휑한 병원의 대기실에서
온몸에 번져 있는 세균들에게
내 몸은 무슨 의미가 있는 것일까, 생각하다가,
간다, 내 몸을 누일 자리를 찾아서.

차 열쇠를 찾아 시동 모터를 돌리면
너는 나와 똑같구나 얼마나 오랜
이 반복을 견뎌 여기에 왔니
생각이 생각에 잠기고

생각이 너무 많은 생각에 밟혀
생각이 길을 잃고
하염없이 세상 속으로 혼자서 건네.

불균형의 인간

내가 누구인지,
누구인지 날 알아맞혀봐
이윽고 무슨 일을 저지르려고
이 거리를 지나는지
얼굴 위엔 낯선 이름 새겨넣고,
주머니엔 음모의 손 가둬놓고

나는 잘 알 수 있지
이 거리가 나의 거리가 아니란 걸,
사선 거리로 잇는
저 작은 골목, 한적한 곳에서
나는 두 손을 활짝 펴지

고요 속에 몸풀기

금년부터 벤츠를 운전하는 이 기사의 손이
가볍게 떨린다, 야간운행을 명령받은 후.
늘그막에 얻은 아들이 코가 깨졌다고
수화기 저 너머에서 아내는 숨넘어가는 소리를 한다,
저녁을 짓는 사이.

도어맨이 달려오는 걸 보며 그제사
김 회장은 몸을 들썩인다. 차체가 한곳으로 쏠리며
이 기사의 가난한 마음을 뒤적인다.
하나뿐인 아들 생각을 오래 해도 될 시각.
텔레비전 주간 드라마 한 편을 족히 쓸 수 있는 남아도는 시간들.

'월급쟁이 아내'가 소원이던 여자.
해방둥이 아내는 산동네를 떠나 두 아이를 사산한 후
평창동 김 회장 구옥에 세 들어, 지금은 잠에 빠졌으리라.
금년부터 핸들에 24시간 매달려 있는 사내의
기분을 아는지 몰라. 던져진 지폐로 식대를 지불하기 바쁘게
액셀 위에 발을 올려놓는 중년.

이불 없는 잠에 길든 자세 그대로
애써 아들 천사의 이마를 손으로 짚었을 때,
회식이 끝나고 전직 관료들이 흩어지는 순간

귀에 익은 차량 번호 호출 소리를 그는 듣는다.
다음날 새벽, 김 회장은 손주의
짧은 혓소리를 그리며 카폰에서 손을 떼지 않았지.
코가 깨진 아들 몸에 엎어진 아내의 등판.

이 기사는 차창을 닫고, 김 회장의 손주에 대한 그리움을
가득 실어 주차장을 빠져나가지.
그의 손에 들린 케이크에서 단내가 맡아지는 것 같아.
밤하늘, 세상은 고요하고, 그 고요 속에 몸을 맡기기란
왜 이다지 힘이 드는지.

귀가

어둠 쪽으로 향해 걷다보면
내 몸 뒤에 그림자가 따라오네.
아이들은 내 그림자가 일그러졌다고
어두운 골목에서 뛰쳐나와 깔깔거리지.

어둠에 몸을 섞어 걷다보면
오래전부터 이 길을 걸어온 것 같아.
나는 이 길 위에 놓여 있고
이 길 위에는 모두 다 있지.

오랜 시간이 흐른 뒤
내가 이 길을 되새겨볼 날 있을지 몰라.
그때는 어느새 나는 흐뭇함에 젖어
그날 그날의 고통을 잊겠지.
오래 어둠을 낮 삼아 불 밝히다보면
그런 날이 안 올지 몰라도.

시든 아침의 노래

이미 알고 있는 느낌인데,
과장하려는 이 버릇.
사람들은 각자 바쁘게 지나치고
차들도 재빨리 사라져버리는
커피 전문점 유리창은 엑설런트 액상 화면보다
더 선명하게 세상을 보여주네.
2분 지각 후, 사무실로 곧장 들어가기는 너무 힘들어.
더욱이 조회가 있는 날엔.
차라리 2시간을 늦게 들어가고 말지.
커피 전문점은 이른 아침 문을 여는 미덕을 지니고 있어.
2분 때문에 2시간 동안 20년 생을 반추하네.
아직 다 마시지 못한 커피처럼
열정이 사라져버린 아침, 낯선 얼굴로
나의 손을 내려다보네.
누군가 이 손을 잡고 나가주었으면,
또다른 생의 무대가 있다면
기꺼이 그 무대로 나가보리.
패배주의자의 독백처럼 또렷하지 않은 발음으로
음색 없는 노래를 부르네.
이 아침이 지나면 부르지 못할 노래를
비로소 부를 필요 없는 노래를.

활자에 어울리는 하루

여자는 원고를 만지면서 하루를 산다.
활자와 다름없는 반듯한 글자들 사이로 균열이 생긴다.
여자의 생에는 활자(活字)가 있고, 여자는 죽어가고 있다.
그것이 여자를 조롱하기 시작했을 때
여자는 원고를 조용히 내려다보며 침묵했다.
여자는 용서할 수 있을까.
글자가 만들어놓은 황홀한 세계에 발 담근 여자에게
용서하자는 생각은 옳았는지 모른다.
글줄 밖의 생을 살아보지 못한 여자.
여자는 백치가 되거나 사기꾼이 되었어야 했다.
여자의 인생에 따라 글자들이 춤을 추거나
글자들의 조합에 따라 여자의 삶이 지워져갔다.
그것들이 여자를 조롱하기 시작했을 때
여자의 손은 더럽혀졌다.
잊어버리자고 제도용 나이프로 정맥을 그었다.
이제 글자들의 신호를 받을 수 없게 된 그녀.
한사코 추억 속으로 들어가자는 글자들을 떨어뜨린다.
활자들을 몰랐을 때 하얬던 여자의 종이는
빛을 잃어가고
먼지의 옷을 입었다. 사시사철,
그것들이 여자의 뒷모습을 훑으며 애무해도
아무것도 더 반성할 것이 없는 여자는
하루를 조용히 덮을 뿐, 먹다 남은 음식들은
싱크대에서 오래 썩어가고 있었다.

'진짜'의 사연

진짜는 어느 날
길을 건너지 못한다.
저기 가짜가 넘실대는 곳의
허망함을 아는 진짜는.
진짜는 조용히 무릎을 거두고
고개 숙여 안으로 들어간다.
자아의 집.
가짜들이 몰려와 진짜와 진짜 죽음을 본다.
진짜의 등뒤에 '탈락'이라고
써 붙인다.

진짜로 보이는 가짜가
춤을 춘다.
새로운 스타일의 황홀한 춤.
가짜는 속도에 민감하다.
새것은 가짜를 긴장시킨다.
욕망을 보려고
가짜는 고개를 든다.
가짜는 자신의 존재 이유, 그걸 안다.
진짜는 정치 만찬에 가야 볼 수 있다.
가슴에 구멍이 뚫린 것 같다.

매스미디어와 섞는 몸

여자가 나온다.
웃는다.
화장기가 선연하다.
베스트셀러에 대해서 말한다.
아니 쓴 것을 읽는다.
그 여자의 직업은 시인.
그렇다. 시보다 더 유명해지고 싶은
욕망에 시달리는,
몸이다.
좀더 나은 그림을 위해
사려 깊은 표정을 위해
사투리를 버렸다.
책을 읽지 않는다면서도
디제이는 묻는다.
그렇게 볼 수도 있겠죠.
여자의 표정은 금방 흩어진다.
눈을 내리깔고
입은 꼭 다물고(뭔가를 숨긴 듯)
머리를 쓸어올린다(절정이다).
발육 부진의 몸들이
책방으로 간다.
여자를 떠올리며
문득 책을 집어든다.

병

생각이 너무 많아
머리가 터질 것 같아.
만약 터진다면
분화구는 하나가 아닐걸.

간신히 일상의 숨결을 놓치지 않으려
이웃과 인사하며 웃는 법과
지하철 노선도를 보는 법,
거스름돈 받는 법을 외운다.

그러나 웃으면서 인사해야 할 때
지하철 노선도를 보듯
멍청히 있다간 황망히 웃곤 하지.
때는 늘 놓치기 위해 있는 것
나의 머리는 뒤죽박죽이 되곤 해.
가장 손쉬운 일을
어려운 생각 때문에 놓쳐온
나의 실족사(失足史).
제발 사념들이여,
너희들 내 부를 때 와주렴.
이렇게 아웅다웅, 근친상간하지 말고.

직업병

오자는 나의 적.
틀린 문장은 흩어진 이교도.
나는 적을 죽이고
대열을 바로잡는다.

나는 훑어 먹는다.
4백 페이지짜리를 한 시간 만에.
새 책은 나의 과업.
나는 차례와 판권을 본다.
제대로 먹지 못한 새 책의 앙꼬가
배를 불편하게 해,
아이 불편해!

새 활자여.
늘 제대로 바라보지 못하는
책이여.
오자를 잡다보면 개요는 사라지고
문장들을 좇다보면
예술은 종적 없네.

포식과 날것들의 하모니,
그 소화불량을 견디는 하루
책을 만드는 여자,
점점 책과 멀어지는 여자.

양재동, 하오 2시

미스 조는 오늘도 걷고 있다.
산책이라는 이름의 방황의 포도(鋪道)
새로 사 입은 옷은 물방울무늬 블라우스,
눈물은 누런 자국을 남기고 증발하였다.
양재동 뒷골목 사람들은 누구나 기억하고 있지.
하루에 한두 번, 잊을 만하면 어김없이
나타나는 그녀,
눈물의 시간과 데이트하는 스무 살을.

미스 조는 서울 하늘 같지 않게 투명한
하늘을 바라본다.
순결한 청춘의 블루스를 추고 싶다.
커피 심부름과 갖은 홀대와 음흉한 시선들로부터
벗어나고 싶다.
일순, 그녀의 발걸음이 빨라진다.
골프장에 간 사장의 귀사 시간일까.
새침한 뒷모습만 남기고 가는
미스 조는 유순한 처녀.
지난 3월에 시골에서 올라온,
회사가 바라는 덕성을 지닌.

택시, 택시

일단 아가씨라고 불러본다. 그는 뒤돌아보지 않고 백미러로 내 눈을 탐색한다. 재미있는 얘기 해줄게요. 전철역까지는 기본요금. 그 요금보다 비싼 인내의 대가. 어젯밤에 영등포로 갔었어요. 지방서 올라오는 열차 손님이 많거든요. 아가씨가 탔는데요. 계속 오바이트를 하려는 거 있죠. 그래서 내가 말했죠. 아무데서나 내려줄 테니 필요하면 말하라고요. 그런데 괜찮다는 거예요. 그래서 그런가 하고 있는데 곧이어 갑자기 토하는 거예요. 안주나 좋은 거 먹었음 말도 안 해. 그러더니 방배동 카페 골목까지 와서 하는 말이 나 차비 없어요, 하는 거예요. 내 원 참, 토하는 것까지는 이해해요. 물론 토하는 사람도 괴롭죠. 하지만 차비 없이 왜 차를 타, 타긴. 그녀가 토했다는 시트를 내려다본다. 불현듯 속이 메슥거린다. 참 막히네. 여기 신호등을 잘못 만들어놔서 이래요. 사내는 백미러로 내 얼굴을 힐끗 본다. 아가씬 늘 거기서 타더만. 나는 여기 전철역하고 포이동하고를 늘 왔다갔다해요. 어쩔 수가 없어요. 시내 들어가면 사납금도 못 버니까. 미터기에 1,300이라는 숫자가 찍힌다. 나는 지갑을 찾는다. 지갑이 없다. 게워낼 것만 같다. 아저씨, 일단 아저씨라고 불러본다. 되돌아가주세요. 지갑을 두고 온 것 같아요. 뭐라구요. 원, 실컷 얘기해주니깐, 할 수 없지요. 내려요. 전철비는 있는 거예요?

나는 구겨진 옷을 펴며 재빨리 전철역 계단을 내려간다.

택시도 가끔 인생을 구제한다.

쓸쓸한 평화

일몰의 권태는
죽음과 맞닿아 있으리.
저녁, 낯선 길 위에
뭉쳐진 취객의 좁은 어깨.

참, 근사한, 식사를

겉과 속이 선명히 나누어지는 비 오는 날
유리창가에 서서 바라보는
비 맞은 거리 풍경은 낭만이 있지.
카페 쪽으로 난 길 끝으로 시선을 주다보면
보이는구나, 저 음식 쟁반을 힘겹게 받쳐 든
늙은 여자. 비닐이 덮인 그릇들을 우산 삼아
대로를 비틀비틀 건너오는 여자가.
산성비를 피해 고급 식당으로 몰려간 또다른 사람들을
굳이 피해 골목길 두 번 돌고
계단을 세 번 오른 김치찌개는
눈물의 점심을 준다.
오전 오후를 양분하여 적당히 식은 찌개를
이제 먹는 것의 양식이나 모양새 볼 것 없이
그저 배곯지 않았다고만 일기장에 쓸 수 있게
먹어두자꾸나. 설거지한 냄새가 밴
행주치마를 풀기가 무섭게
너무 많은 이물질을 먹어대 아랫배만 불룩한
우리 현대사의 어둠들.
헛배에는 가스를 배출하는 게 중요해.
항상 허덕이며 지나가는 날들 속에
먹는 것이 그리 중요한가,
그렇다고 말할 수 있을 때까지 먹어두자꾸나.

봉인된 희망

여기는 숲, 먼 데 불빛은 꺼져가고
나는 느낀다,
젖은 풀 위에 앉은 몸이
서서히 차가워져가는 것을.

한때 그가 나를 이용했다고
울었던 적이 있다. 이제 나는
그 사실이 기쁘다,
그가 나를 이용했기에 나 그를 잊을 수 있으니.

그 옛날 나 하나의 희망으로 살았지
오직 세상에 쓰일 데를 찾아
나 오십 미만의 몸무게 혹은 희망으로
한세상 견디려 했지.

젖은 몸은 무거워지고 앉은 자리가
떠내려가도록 밤은 몸 깊숙이 들어오는데
내 영혼, 떠난 그를 찾아간다
어둠의 페달을 밟고.

녹슨 자전거는 그의 방 옆에 놓여 있다.
그때 그 시간처럼
경쾌한 햇살에 은륜을 빛냈을 저것
나 경보음을 울리며 어둠 속을 달린다.

이제 그대를 잊을 수 있다.
나 희망을 다시 가지려 한다.

한순간

눈을 깜짝거려본다.
믿을 수 없을 정도로, 잠깐 사이
내 차가 뒤차의 꽁무니를 박았고,
그사이, 아이는 급브레이크에 코가 깨져
음악 소리보다 더 큰 울음을 터뜨린다.
뒤를 따르던 차들의 높은 경적 소리가 거리를 일시에 메운다.
날카롭게 내려찍는 두통을 느끼는 순간
앞차의 운전석에서 사내의 일그러진 얼굴이 떠오른다.
친구 연주회에 바칠 꽃다발이 낯설다.
바이올린 현의 떨림, 예술의전당 로비의 소곤거림이
한순간, 명멸하고
이제 경찰차 사이렌 소리만 기다릴 뿐.
세계는 단 일 초 만에 바뀌고
그 일 초 만에 바뀐 세계를
만들기 위해 나는 몇억만 분을 소모했는지.
세상이 정말 견고한가 되물어보는
눈 깜짝할 사이.

3부

책 읽는 여자

일상의 노동을 치르기 위해
책장의 귀를 접어가며
한나절을 보냅니다.
책상에서 일어날 필요 없이
오랜 시간 앉아 있을 수 있다면
그런 순수의 시간이 내게 와준다면
하는 바람을 멈출 수 없습니다.
동틀 녘이면 나에게 차를 끓여줄 사람을 위해
깨끗이 손질된 긴 옷을 입고
우아한 책상에 앉아 책을 읽는다면
나는 마른 꽃처럼 창백한 얼굴은 아니겠지요.
책의 흐름을 놓치지 않기 위해
앞뒷장을 뒤적이며 노동의 열기를
가라앉히려 손부채질을 합니다.
책상에 앉아 꼬박 하루를 보낸 적이 있지요.
오직 그 일만이 나의 전부라는 것을
믿고 산 그때 말이에요.
입안에서 바삭거리는 방부제 속의
과자 같은 시간을 보내며
나는 이제 깨끗한 물 한 종지를
얻기 위해 부산하게 움직입니다.
책장의 귀를 접고 다시 돌아올 때까지
마음은 서두릅니다, 그 맹목의 지향점들을 찾아.

도쿄, 흐린 오후의 시

인생이란 가없는 심연 위에 드리워진 좁은 들보와도 같으며 우리는 장님인 상태로 그 위를 걸어야 하는 처지와 비슷하다.

—스티븐 킹

콘택트렌즈 한 알을 잃어버리고 걷는다.
불균형의 인간의 사고는 멈추지 않는다.
챙겨 오지 못한 안경과 일주일을 기다려야 구할 수 있는 한 알의 렌즈를
원망만 할 수는 없다.
나는 도망중.
도쿄를 잘 보기 위해서는 안경이 필요하다.
내겐 파트너도 필요 없다.
진공상태를 걷고 있다.
선명하지 않은 사람들이 일시에 몰려들곤 하는 러시아워가 즐겁다.
한 음만 반복해서 들리는 외국어를 배경음으로 한 쇼핑도 즐겁다.
가까이거나 먼 거리까지
나의 시각장애가 이토록 큰 즐거움일 수가!
떠나야만 알 수 있는 사실을 체득시키려고 눈은 아려오는 것일까.
비라도 내리려는지 어두운 구름들이 드리우고
시야는 무릎까지 좁혀져 오는데

마음에는 붉은 꽃들이 피어난다.

채찍을 주면 당근을 주마

지폐가 두둑한 너는 무엇이든 할 수 있다고 장담하지.
나는 때로 지폐를 갖지 못한 너를 생각해.
너의 붉은빛 도는 얼굴엔 자신감이 넘쳐나지만
난 알지, 지폐가 물에 젖으면 떠오른 얼굴도 가라앉는다는 걸.

네게 두고두고 가슴 아파할 콕 찌르는 말을 하리.
네게 작은 싸움을 걸어 큰 싸움을 만들리.
오롯이 나만이 네게 퍼부어줄 수 있는 욕을 갖추리.

물먹은 압지같이 된 몸을 이끌고 네게 갔을 때
너에게선 향수 냄새가 났지, 아무 쓸모없는.
비애에 찬 날들이 네 주위를 서성거리며
나를 위해 떠오른 해를 가리네.

먼지를 날리는 가벼운 바람을 날려

먼지처럼 가벼운 바람을 날리는 바람
그 바람을 날리는 소문들.
오리진도 알 수 없이 쌓였다간 흩어져
어느 틈에 다시 푸석이는 그것들.
그것들을 날리는 진짜 무관심.

봄날

창을 통해 어제 본 것은 우면산(牛眠山)
오늘은 스테이크 전문, 암소 한 마리
입간판이 들어서서
조각난 채 구워져 내 욕망의 쟁반 위에 놓이고
봄날 오후 마음을 간지럽힌다.
언젠가 한번은 돌아와줄 것으로 믿었던 마음들.
이렇게 구워진 채 돌아온 것일까.
봄빛은 마실 나온 사람의 연한 피부를 태우는데
꿈은 깨어나면 영 잊히지 않고
입간판 뒤에서 우면산은 푸르겠지.
봄이 되면 그 푸르름
내 갈증의 원인이 되겠지.
먹으면 꼭 해갈될 수 있을 정도까지만.

가는 봄

봄, 깨진 유리 조각으로 자해하고픈
겉늙은 나뭇잎에 푸른 조명처럼 드리운 봄빛을
나는 못 보아, 받지 못하고
비닐봉지 흩날려 갈 길을 가리는구나.
허황한 뽕짝 가요에 몸은 절로 반응하고
꿈꾸었지, 미성의 소년이 부르는 아리아를.

마음이 실리지 않은 봄날을 갖고 싶었지.
스무 살 그 투명한 정신으로 이루지 못한
사상만이 서로 교전했던 80년대의 신촌을 떠올려보아
최루탄 과식은 불임의 지름길, 이런 대자보가
생각이 나네. 하지만 단백질 섭취는 오히려
미라를 썩힌다고, 시인은 대선 전에
투전판을 떠나간 지 오래됐다고.

다시 봄, 상처 난 전신에 붕대를 두르고
조용히 살들은 움터올까.
미풍이 틔운 나뭇잎들을 짓씹어보며
부드러운 봄빛 녹여 만든 이 쓴맛을
몸안이 거부할 때까지 천천히 받아들이는
나의 그 어느 해 가는 봄.

예약 녹화된 청춘

리모컨의 다섯 개 버튼을 누르면
티브이 프로가 예약된다네.
전기가 나가지만 않는다면,
비디오 속 전자회로기판이 망가지지 않는다면
먼 여행 끝에 돌아와서도 찾아볼 수 있으리.
삶이란 예약될 수 없는 것일까.
다섯 개의 숫자로 미래를 예약할 수만 있다면
지금의 헤맴도 단지 즐거운 여흥이겠지.
예약된 생이 있는데 두려울 게 뭐람.
예약된 삶의 프로가 있다면
즐거운 날은 계속 ◁◁
폭행과 무관심에 젖은 날은 ▷▷
또는 그대와의 입맞춤은 잠시 멈춤.
잠깐 숫자를 잘못 눌러
타인의 삶이 녹화된다 하여도 상관치 않아.
그만큼의 기쁨과 그만큼의 슬픔이 직조하는
한 편의 드라마로 충분해.
그러나 실수라도 나는 싫어,
고아로 시작해서 매독으로 마감하는
저 부랑아들의 삶은 예고편이라도 말이지.
그래서 나의 기도는 한결같다네.
부디 하느님, 내 손가락이 정확히, 좋은 삶의 프로를, 예약하게 하소서.
순간, 돌연 폭발하는 브라운관.

수선공이 오토바이를 타고 오기 전에
다시 점검해보는 나의 청춘 예약.

잠꼬대여, 나를 삼켜라

일세를 풍미하던 한 시인이
오징어볶음 한 접시를 시켜놓고
소화시키지 못할 술을 마신다.
실의(失意) 끝에 마시는 술이 달콤하기도 하련만
종종 인상을 찌그러뜨리는 그.
그의 시는 오징어 뒷다리처럼 만만치 않다.
그와 대작을 할라치면 늘 주눅들던 나는,
소주 반 병의 취기가 가시기도 전에
한 달 급료와 두 달에 한 번씩 나오는 보너스,
건강유지비와 가족수당을 떠올린다.
내가 마시는 이 한잔의 술도
그를 위해 서슴지 않고 술값을 계산할 수 있는 여유도
이 급료에서 나오는 것이다.
취기가 오르고, 계산서에 품목이 늘어나면서
나는 지갑 안의 돈을 가늠해본다.
시인은 이제 막바지 시론을 열강하고 있는데
나는 초조해서 오줌을 쌀 지경이다.
월급봉투의 숫자의 단위가 커지면서
그 늦은 귀가 시간에 너그러워진 아내는
지금은 평수 상관없이 꼭 한 채씩만 가진
온전한 행복감에 젖어 있겠지만
나의 안녕과 맞바꾼 그 행복감이 끝 간 데는 어디일까.
시인의 눈에 핏발이 선 순간
술잔이 날아오르고, 나의 얼굴로 번져오르는 이 선연

한 피!

감기와의 화해

걷잡을 수 없이, 콧물이
한없이 낮은 톤의 목소리를 비웃으며
흐른다, 감기의 증후군, 감기의 후폭풍,
펼쳐진 서류들 사이로 금실이 기어다니는
예컨대 그것은 비문증(飛紋症), 환각의 매직아이.
문득 수화기 저편에서
알지 못할 거룩한 중년이 나를 꾸짖는다.
오랫동안, 나는, 아플 수가 없다.

어느새 토요일 상오인가,
차의 경적 소리가 여기저기에서 들리고
예식장, 회갑 연회장 앞이 붐비는
토요일 하오를 향해 입을 딱 벌린,
주말의 끝인가.
콘택600 한 알로 감기를 달래보려
쪼르르 약방으로 달려가고
인과율에 따라 몸은 진공상태로 빨려든다.

지금부터 내가 하는 말은 감기 귀신이 하는 말이야요.
그저 듣는 시늉만 하시면 돼요.
아니 아니, 내 말을 믿다간 큰코다친다구요.

모독 1

나를 무찌르는 것은 천식의 바람,
너에 대한 나의 호의가 뒤집히는 순간
나는 건물 뒤편에 전신을 가리지.
나는 사람, 나는 보이지 않는 사람
벽 가까이서 멍이 들라고
내가 좋아하는 푸른색 멍이 들라고
사지를 흔들며 벽에 부딪치곤 하지.
붉은 피가 차마 터져 나오지 못하고
멍이 되어 살 밑을 번져갈 때
비로소 나는 모독을 받아들이고
모독은 번져가네.
옷을 벗지 않으면 볼 수 없는 적의,
욕탕 문을 열고 살 속에 만개한 푸른 꽃들에
물을 주자. 바닥에 엎드린 채
더이상 찾을 수 없는 하늘을 떠올려보자.
이 시간대가 지나면 나는
단단한 꿈으로 일어나 두 손 모으고
저 건너편의 다른 모독에게로 훌쩍
날아가리라.

모독 2

회사 벽 은밀한 곳에 낙서가 있다. 그대, 누군가 적고 있다. 아주 사랑하면 안 되나. 그렇다, 전쟁은 어디에도 있다. 조금만 사랑하면 안 되는 애절함이, 아주 사랑하면 안 되는 이 시대의 금기가 들끓는 욕망 앞에서는 또 속수무책일 수밖에 없는 세월이 바리케이드 앞까지 나와 있구나. 제집에 있었으면 좋았을 것을. 적벽돌 벽에는 햇살이 낯설고 그 누구에게도 세월에 씻겨가는 연모의 마음이 버거우리라. 흔들리며 가다보면 마음이 끝나는 곳, 버려진 꽃송이들을 수거하여 그 썩은 내음을 채집하다보면 사랑 노래는 절로 공중에 흩날리리니.

모독 3

말이 말을 막고 발에 채여 넘어지네.
어지러워 못 견딜 이 연회장의 공기는
칵테일 한잔에도 몸을 가눌 수 없네.
훔쳐보는 눈길과 과장된 미소
나는 왜 그리고 당신은 왜 이곳에?

안녕하세요/좋은 밤에 좋은 사람이
말씀 많이 들었습니다/이런 블라우스를
즐겁게 보내시길/저기 또 오시는 이는
그럼 이 시간은 이것으로만 이만……

성(性)에 관한 정치에 관한 문화에 관한
카메라는 잘도 돌아가누나.
각자의, 말도 들리지 않는 내면의 유리벽 뒤에 서서
다정히 소통하고 있는 저들을 바라보는 나도
그만 이다음에 만나요, 그럼 찰칵.

모독 4

열어논 차창으로 무자비하게 들려오는
소음은 나를 음악으로부터 유격시킨다.
갈라놓는다, 홍해처럼 구약의 시간 속에서
내가 듣고 있던 음악의 선율은 어디로 갔나.
차창을 닫고 찾아볼거나.

웃어보지, 피어나는 메마른 웃음을 에어컨 바람에 실어
콧물이 흘렀지만 심한 건 아냐.
돌아서서 이 길이 아닌 길로 접어든다고 해도
바로 갈 수 있으리란 걸 확인 못하겠어요.
누군가 순간을 살겠다더니, 남길 건
너무나 많아.

모독 5

나는 오랜 홀로 있는 시간 이후에
한순간 밀린 잠을 몰아 자곤 했었네.
침묵은 맹독. 내 가슴은 보풀이 일어
서서히 뜯겨져내리고.

지난밤에는 벼랑 끝까지 갔었네.
놓아버릴 수도 계속 쥐고 있을 수도 없는 밧줄에 잠겨
시간은 더디 흘렀네. 마음은
사과 상자 같은 작은 곳에
끼여 있고 싶었네.

침묵은 강한 산성.

죽음 옆으로 흐르는 샛강

　　컨베이어 벨트에 놓인 공업 부품들처럼
　　응급실에 실려 갔다 나오는
　　한 인간의 죽음을 보라.
　　마지막 기착지는 알루미늄 박스
　　포장된 채 어디로 배달되나.
　　반드시 냉동실에 보관 바람.

아이가 열병을 앓는다.
레지던트는 새우젓갈을 헤집듯
이곳저곳을 건드린다.
척추에서 수액을 뽑아낸다.
아이는 실신한다.
예상 수치가 나오지 않아
고심하는 레지던트 앞에
부모는 격렬하게 항의한다.
사내는 눈이 휘둥그레져,
죽음에 친숙한 자는 산 자의
몸부림이 놀랍다.

　　종합병원 산부인과 병동은
　　삶과 죽음이 가장 잘 사귀는 곳.
　　아이가 태어난 병동 옆에서
　　암세포를 거머쥔 여자가 누웠다.
　　아이는 눈물 없는 울음을 터뜨리며

세상 속으로, 막 가고
여자는 마른 미소로 남은 자의 삶을
뇌리에서 지운다.

죽음 옆으로 샛강이 흐른다.

내 안의 광인

유료 주차장처럼 정돈된 구역
맑은 햇살 아래
우산 하나 받쳐든 사람 있다.
평화의 사람.
거칠 것 없고, 만국기 같은 얼굴에
부도를 모르는 만성 흑자의 삶이
펼쳐져 있다.
문득 삶의 표지를 잃고 바라보아도
그는 변함없이 그곳에 있다.
그를 따라가는 '나'가 보인다.
나의 삶이.
하루 한 끼를 걱정하는
역사로 이어진 나의 삶이여.
담배를 적선하는 자는 그의 애인
구만리장천을 벗하여 가는
삶일 수는 없는가.
손대지 마시오, 천연기념물임.
내 안의 광인이 그와 교신하는 것을
나는 참을 수 없다.

반지 속의 여자

스무 살, 서울로 떠나는 내게
경제 비상용으로 끼워진 금반지
그 용도를 찾지 못해 오랫동안 머물렀네.
젊음이 상처가 되는 밤마다
손수건 대신 눈물 닦아주던 손가락의 반지
그마저 위로가 절로 되던 둥근 해 같은
눈물이 닿은 손가락은 더 빽빽하게 조여왔네.
구애의 반지 그 위에 새로 끼워졌지만
빛을 잃은 그 반지 뽑혀지지 않았지.
부끄러워 입을 가린 사진 속에서
선명하게 떠오르네, 그 반지
서른 살, 손가락 마디가 굵어져
빼어볼 수 없어 언제나 같이 있네.
새벽에 문득 깨어나 부은 손가락 만지면
그 손가락 살을 누르며 존재를
빛내주던 그것,
십 년 동안 변함없이 머물렀던
생의 하사품, 추억의 금빛 물결
이제 온전히 내 것이라고 할 수도 없는
반지 속의 나날이여.

나의 사랑, 나의 운명

한 명의 해외 입양아로서 내가 공항에 나왔을 때
하오의 햇살이 따사로이 얼굴을 비췄다.
나와 같이 동행할 친구들은 빈 우유병을 빨거나
깊은 잠에 들어 있다.
여행을 떠나는 사람들과 나 사이에
얇은 벽이 있고,
나는 돌아올 수 없는 길을 고쳐
다시 떠나는 것이다.

세상의 빛을 처음 보았을 때
기쁨의 눈물 한 방울 내 얼굴 위로 떨어지길 기다렸지만
근심 섞인 한숨만 내 솜털을 눕혔다.
나를 낳은 어둠의 작은 방,
말랑말랑한 젖무덤에 코를 박고
소리 없이 젖을 먹고 싶었다.

나를 있게 한 하나의 정자와 난자,
그 만져지지 않는 결합.
그 결합의 길을 닿고 닿아서
여기까지 왔다.
의붓아비와 춤추며 울 수도 있는,
의붓어미에게 뺨을 내밀며 이를 물 수도 있는
나의 내일을 상상하지 말라, 사람들아.
그저 잠시, 생각에 잠긴 표정을 던져주렴.

구두에게 묻는 생

졸리운 한낮, 나는 한 장의 구두 티켓을 받았다.
나는 또 한번 명동엘 나갈 수 있을 것이다.

새 구두를 선물 받은 후에도 그는
한사코 헌 구두만을 신고 다닌다.
헌 구두에 간 무수한 주름,
그 주름마다 생의 무늬가 들어 있다고
생각하는 남자의 사고는 수정되지 않는다.
한 발자국 옮길 때마다 굽혀진
가죽이 몇천 번 반복된 후 새겨진 주름은
그의 발에게 안녕을 물어준다.
구두와 닿았던 거리들의 호흡을 풀어놓으며
구두를 벗는 그를 보며
나는 욕망한다,
새 구두를 신고 싶다.

아무런 주름이 잡히지 않은 새 구두에게
나는 남은 내 생을 물으리.

인생

아이를 낳고 아버지는 하품을 한다.
산고는 길었다.
산고는 너무 큰 상처를 남긴다.

아이를 낳고 엄마는 체제 순응적이 된다.
세상은 너무 크다.
이유도 없이 아이들은 아파트에서 떨어진다.

아이가 온 후 그들의 저녁 시간은
부쩍 짧아졌다. 데코레이션 케이크와 커피
약간의 담소와 마음 다툼들.

아이는 그들 인생의 이상이 아니다.
시는 다시 쓰여져야 하고
태어난 새는 날아야 한다.

엄마는 종종 운다.
아빠는 그런 엄마를 종종 울린다.
아이 곁에 엄마가 눕는다.
깃털이 하나 툭 떨어진다.

멀리 와서 울었네

지하 주차장, 신음소리 들린다.
방음장치가 완벽한 차창을 뚫고
누군가의 울음소리가 들려온다.
울 수 있는 공간을 갖지 못한 사람,
그가 이 깊은 어둠 속에서 웅크리고 있다.
자신의 익숙한 자리를 버리고
그가 낮게 낮게 시간의 파도 속을 떠다닌다.

눈물이 거센 파도가 되고 멈춰 선 차들은
춤을 추네. 울음소리에 스며들어 점차
나는 없네.
이 차는 이제 옛날의 그 차가 아니라네.
이 차는 속으로 울어버린 것이라네.
나를 싣고서 떠나가버렸다네.

문학동네포에지 015

비밀을 사랑한 이유

초판 인쇄 2021년 3월 23일
초판 발행 2021년 3월 30일

지은이 — 정은숙
책임편집 — 유성원
편집 — 김민정 김필균 김동휘 송원경
표지 디자인 — 이기준 김이정
본문 디자인 — 유현아
마케팅 — 정민호 김도윤 최원석
홍보 — 김희숙 김상만 함유지 김현지 이소정 이미희 박지원
제작 — 강신은 김동욱 임현식
제작처 — 영신사

펴낸곳 — (주)문학동네
펴낸이 — 염현숙
출판등록 — 1993년 10월 22일 제406-2003-000045호
주소 — 10881 경기도 파주시 회동길 210
전자우편 — editor@munhak.com
대표전화 — 031-955-8888 / 팩스 — 031-955-8855
문의전화 — 031-955-3570(마케팅), 031-955-8865(편집)
문학동네카페 — cafe.naver.com/mhdn
트위터 — @munhakdongne
북클럽문학동네 — bookclubmunhak.com

ISBN 978-89-546-7775-2 03810

www.munhak.com

문학동네